F. DE LAROUSSILHE

(Marius Pracy)

LE SECRET D'AMOVR

DE

GALIOT DE GENOUILLAC

I'AIME. FORT. VNE.

LONZAC — ASSIER

CAHORS

J. GIRMA | G. ROUGIER
LIBRAIRE-ÉDITEUR | IMPRIMEUR

1911

92

LE SECRET D'AMOVR

DE

GALIOT DE GENOUILLAC

Tiré à cent exemplaires.

F. DE LAROUSSILHE

(Marius Pracy)

LE SECRET D'AMOVR

DE

GALIOT DE GENOUILLAC

l'AIME. FORT. VNE.

LONZAC — ASSIER

CAHORS

J. GIRMA   G. ROUGIER

LIBRAIRE-ÉDITEUR   IMPRIMEUR

1911

LE SECRET D'AMOVR

DE

GALIOT DE GENOUILLAC

I'AIME. FORT. VNE.

Il existe un problème historique intéressant qui n'a pas, jusqu'ici, reçu de solution. Nous voulons parler de la devise du châtelain d'Assier, Galiot de Genouillac, grand maître de l'artillerie sous François 1er.

La question, il est vrai, n'a jamais été approfondie ; c'est à peine si quelques archéologues l'ont effleurée au cours de la description des édifices où elle figure.

Le savant Delpon a consacré à Assier une étude qui est d'un érudit consciencieux autant que d'un lettré délicat. Quand il l'écrivait de sa plume élégante, le château et l'église, le château surtout (il y a quatre-vingts ans) avaient moins souffert du pillage des pierres et des injures du temps. C'est pourquoi nous aimons mieux renvoyer à la *Statistique du Lot* les lecteurs qui désireraient être renseignés aux points de vue architectural et artistique. Notre rôle se bornera à nous efforcer de pénétrer le sens de J'AIME FORT VNE.

Cette devise a été répétée des milliers de fois sur trois monuments élevés par Galiot, savoir : l'église de Lonzac (Charente inférieure), le château et l'église d'Assier, en Querci.

Ce qui frappe tout de suite l'observateur, c'est la variété des formes orthographiques sous lesquelles elle a été reproduite. Signalons les plus caractéristiques.

On lit tour à tour :

IAIME. FORTVNE,
IAIME. FORT.VNE,
IAIME. FORT—VNE,
IAYME. FORTVNE,
IEME. FORTVNE,
IE.M. FORTVNE,
I^E.M. FORT.VNE,
I^EM. FORTVNE.

Et encore :

SICVT.ERAT.IN.
PRINCIPIO.IEM
E.FORT.VNE.

Que l'on place ce petit tableau sous les yeux d'un curieux des choses du passé, une question se posera aussitôt à son esprit : Quelle est la cause, pensera-t-il, de cette diversité d'écritures ? Celui qui a adopté la devise entendait-il faire connaître à la postérité qu'il était tourmenté par la soif de l'or ? Non, sans doute. S'il eût été un avare, il n'eût pas dépensé en constructions opulentes l'équivalent de quatre ou cinq millions de nos jours.

Ou bien donnait-il à *fortune* le sens du mot latin *fortuna* ?

Non plus, car un homme comme Galiot, soldat et tacticien, ne saurait aimer *le hasard* ou le *sort*, qui n'obéissent à aucune loi et peuvent tout aussi bien nous opprimer que nous servir. Au reste, dans l'un et l'autre cas, n'eût-il pas dû s'exprimer en toute simplicité et dire : *j'aime la fortune.* L'article a ici, en effet, une importance capitale, et l'omission qui en a été faite est évidemment volontaire.

En outre, il est une constatation singulière qui stimule notre curiosité. Le vocable *fortune* est tantôt en un seul mot, tantôt partagé. Quand il est en deux mots, *fort* et *une* sont séparés par un point ou par un trait. Ne voit-on pas là immédiatement une résolution manifeste de dérouter la curiosité, d'indiquer en le cachant l'existence d'un mystère ? Ne dirait-on pas qu'un Protée a guidé le ciseau des artistes ? Est-il un homme qui, s'appuyant sur la raison, le bon sens, puisse rester convaincu que la devise de Galiot ne visait pas une femme dont il était contraint de cacher le nom ?

On a observé, il est vrai, qu'en ces temps lointains, les devises prêtaient parfois à double interprétation et que les jeux de mots n'étaient pas dédaignés. Soit, mais pense-t-on qu'un homme tel que le grand maître de l'artillerie se fût résigné à suivre ce courant de la fantaisie, qui était plutôt un jeu de salon, et qu'il eût répandu à profusion parmi les merveilles créées par lui un calembour pitoyable.

Nous ne le croyons pas.

Par suite, la conclusion qui s'impose est celle-ci : Galiot a enveloppé dans sa devise un secret d'amour, amour conçu dans la jeunesse et qui a duré autant que la vie. *Sicut erat in principio et nunc et semper*, fait-il graver çà et là en même temps que *j'aime fortune*.

Comment nous resterait-il un doute !

Il a donc aimé une femme entre toutes. Il ne veut pas la nommer, il ne la désigne nulle part, même au moyen d'une initiale ou d'un chiffre, et l'on sent pourtant chez lui le désir d'entrouvrir la blessure de son cœur pour montrer qu'il en souffre cruellement.

.•.

Eh bien, il faut essayer de lever le voile qui nous cache cette physionomie mystérieuse ou de deviner les lignes de son masque. Il nous semble qu'après avoir étudié les événements et les choses de la vie de Galiot, la solution du problème se dégagera avec un ensemble de probabilités voisin de la certitude.

Résumons d'abord les actes principaux qui ont marqué l'existence du grand maître de l'artillerie.

.•.

Règne de Charles VIII. — Galiot, né le 16 juillet 1465, à Assier, est élevé par son oncle Jacques Pierre de Genouillac, grand maître de l'artillerie, qui lui fait donner une éducation surtout militaire. Désireux de le présenter au roi, Jacques le charge, un jour, d'offrir à Charles VIII le plus beau cheval de ses écuries. Le roi distingue l'élégant cavalier et l'admet parmi ses pages. Quelque temps après, il le place dans l'escadron des gardes du corps désigné sous le nom de *preux du roi*, le nomme ensuite curateur de Charles d'Armagnac, dont le long séjour à la Bastille a déprimé les facultés. Il devient successivement grand écuyer du dauphin, viguier de Figeac, gouverneur du château de Najac. En 1494, à vingt-neuf ans, il se fait remarquer dans un tournoi célèbre en entrant en lice avec l'adversaire le plus redoutable. A la bataille de Fornoue (Italie), Charles VIII, contraint de déjouer un complot tramé contre sa vie, s'entoure de neuf preux vêtus comme lui. Galiot, qui est de cette élite, contribue par des prodiges de valeur à remporter la victoire sur des ennemis bien supérieurs en nombre.

Règne de Louis XII. — Charles VIII meurt d'un accident en 1498. Louis XII lui succède. Il maintient Galiot dans la charge de chambellan, le nomme premier valet de chambre, capitaine de vingt-cinq lances de son ordonnance, capitaine des francs-archers à pied de l'Angoumois, de la Gascogne et du Querci. En 1501, notre compatriote est au siège de Capoue ; en 1503, il prend le gouvernement de Penne, en Albigeois, dont dépend la magnifique forêt de Gaitinière (aujourd'hui Grézigne). En 1504, il est lieutenant d'artillerie. En 1509, il se bat comme un lion à Agnadel aux côtés du roi et en 1512 à Ravennes. A Ravennes, il se distingue si bien que, sur le champ de bataille, il est nommé grand maître de l'artillerie à la place de Benserade de Chépy, tué dans cette journée.

Mort de Louis XII.

Règne de François Ier. — François Ier se prend d'une vive affection pour Galiot, qui devient sénéchal du Querci, gouverneur de Lectoure et de la vicomté de Lomagne. Galiot contribue à la victoire de Marignan ainsi, d'ailleurs, que le roi l'écrit à Louise de Savoie. Après une série de distinctions qui marqueront brillamment les étapes de sa vie, il mourra, le 15 décembre 1546, à l'âge de quatre-vingt-un ans, au château de Végenne en Limousin, chez sa nièce Fleurette de la Roque, femme de Gabriel de Cardaillac.

.·.

Un dernier mot sur Galiot. Il était de taille élevée, cavalier consommé, chef plein à la fois de sang-froid et de hardiesse, très versé dans la tactique de l'artillerie. En outre, les charges diverses auxquelles il fut appelé sous trois rois successifs témoignent de la variété de ses aptitudes.

Cependant il a été parfois traité d'illettré. Il y a là une exagération évidente, un outrage à la vérité comme au bon sens. Peut-on, en effet, s'imaginer un illettré grand maître de l'artillerie de François 1er, qui était un esprit cultivé et composait de jolis vers? Un illettré aurait-il été admis à la cour en compagnie de Marguerite de Navarre, l'auteur de *l'Heptaméron*, dans un milieu où brillait la plus haute noblesse de la monarchie? Lui aurait-on confié la surintendance des Finances?

Galiot, il est vrai, avait une mauvaise écriture, ce qui le contraignait à dicter sa correspondance à un secrétaire. Mais conclure de cette imperfection matérielle à une instruction nulle, c'est commettre une erreur grossière qui aurait pour conséquence d'attribuer peut-être à l'ignorance de la langue l'absence d'uniformité dans l'aspect de sa devise.

C'est pourquoi nous passons.

.·.

Galiot se marie une première fois en 1507 en épousant Catherine d'Archiac, en Saintonge.

De cette union naîtra une fille, Jeanne, donnée plus tard à Crussol d'Uzès. Nous ignorons la date de la mort de Catherine, mais nous savons que, neuf ans après, Galiot convole avec Françoise de la Queille.

En 1520, il construit l'église de Lonzac en l'honneur, nous dit-on, de la Vierge Marie et à la mémoire de Catherine d'Archiac. Comme celle d'Assier, bâtie vingt-cinq ans plus tard, elle présente sur le pourtour extérieur une litre ou frise d'une hauteur de quatre-vingts centimètres environ, divisée en cartouches qui séparent deux lettres gothiques K et I. « Dans chaque cartouche est reproduit le même motif : un bouclier rond portant en exergue deux inscriptions : GALLIOT AIME FORTVNE et SICVT ERAT IN PRINCIPIO. »

La citation qui précède est tirée d'une étude de M. d'Aussy (Revue de Saintonge, 1888).

.·.

Or, antérieurement à la publication de la notice dont nous extrayons ces détails, M. d'Aussy avait émis l'opinion que Galiot cachait sous sa devise le penchant qui l'avait attiré vers la reine mère, Louise de Savoie. Il est ici d'un avis contraire. Il croit qu'il s'agit de Catherine d'Archiac et voici son principal argument, — nous citons encore : « Il est difficile d'admettre qu'il (Galiot) se fût complu à répéter sa devise des centaines de fois sur un monument religieux et *jusque sur la tombe de l'épouse qu'il avait perdue.* »

Mais le même écrivain ajoute textuellement trente lignes plus bas : « Dans une petite chapelle, à gauche du chœur, se trouvait le cénotaphe de Catherine d'Archiac... Il n'existe plus de trace du tombeau. »

Il exprime donc une affirmation sans preuves puisqu'on ne possède aucune gravure du temps, aucune relation nous permettant de croire que la devise figurait sur la partie sculptée du tombeau de Catherine, qui a été détruit au cours des guerres religieuses ou sous la Révolution.

En somme, l'église ne rappelle Catherine qu'avec une discrétion qui surprend. Tandis que les attributs, les armoiries, le nom du mari apparaissent aux murs intérieurs et extérieurs, aux clés de voute, un peu partout, la femme n'est désignée que sur la frise, par une capitale mal formée et douteuse, un K (initiale de Catherine) pris par les uns pour un H, par d'autres pour un R. Sur le côté opposé du cartouche où jaillit le relief de cette lettre, on aperçoit un I qui logiquement doit être l'initiale de *Jacques*, l'un des prénoms de Galiot.

Mais combien, disons-nous, est sobre et timide cette manifestation des sentiments de l'époux pour celle qui lui a apporté avec une belle dot la terre de Lonzac ?

Car notons bien ceci : le sens des deux initiales dont la première, K, présente une forme imprécise, demande une étude réfléchie, si bien que des archéologues s'y sont trompés et n'en ont pas trouvé la clé. L'échec qui a suivi leurs recherches est d'autant plus explicable qu'ailleurs, sur le même édifice, on lit en toutes lettres le prénom le plus connu du grand maître, puisqu'il y fait graver : GALLIOT AIME FORTVNE.

Galiot, nous le reconnaissons, « assigne à la fabrique des revenus suffisants pour subvenir aux charges qu'il lui impose », la récitation à perpétuité de la prière des morts dans la petite chapelle où était élevé le cénotaphe de Catherine et la célébration d'une messe quotidienne. En outre, le samedi, « un jeune clerc, debout sur le premier degré de l'autel, dira au prêtre célébrant : *ayez en remembrance l'âme de feue Mme Catherine d'Archiac, en son vivant dame de Lonzac et sénéchale d'Armagnac.* »

Comme le montrerait un rapprochement de textes, nous n'omettons, de la notule de M. d'Aussy, rien de ce qui est de nature à révéler des arguments favorables à la thèse opposée à la nôtre.

Mais, à notre tour, nous disons : Catherine étant ensevelie dans l'église de Lonzac, si Galiot a gardé d'elle un souvenir ineffaçable, l'amour le plus profond que le cœur humain puisse ressentir, même après un second mariage plus heureux que le premier puisqu'il lui a donné un fils, son espérance, il semble que lui-même, avant sa mort, aura décidé de prendre place, un jour, aux côtés de celle qu'il a perdue. C'est là un sentiment bien naturel qui s'impose à un homme de sa haute éducation et qui a été si cruellement atteint par le malheur.

* *

Or, que se passe-t-il ? Quatre ans après avoir élevé l'église de Lonzac, en 1524, Galiot fait

construire le château d'Assier et en 1545,
vingt-un ans plus tard, l'église du même lieu.

La devise *j'aime fortune* y est partout. Ici,
même profusion avec cette légère variante :
OVI IE LAIME, et comme à Lonzac.: SICVT
ERAT IN PRINCIPIO.

Mais, à Assier, on ne découvre rien touchant
Catherine. La lettre K est absente. Le château
est orné de bustes de personnages d'époques
diverses, de figures romaines, d'une statue
équestre de François 1ᵉʳ. A l'église, Galiot
lui-même est représenté couché sur son
tombeau, puis en bas-relief, sous un appareil de
guerre, lui seulement et non l'autre, ni aucune
femme. Point d'indices révélateurs, disons-nous.
Ni chiffre, ni médaillon, ni légende, ni
armoiries ne rappellent aux yeux l'être aimé,
dans un château et une église qui présentent une
surface de plus d'un hectare de sculptures sur
le bois, sur la pierre, en cartouches, frises,
rinceaux, écussons, hauts et bas reliefs, clés de
voûte et pilastres. Le même oubli se manifeste
sur les meubles, les tapisseries, les tentures, les
harnais, les couvertures de mulets, où pourtant
foisonne la devise.

Il y a mieux : Catherine repose à plus de deux
cents kilomètres de là, à vol d'oiseau. Il est bien
loin, lui, de celle qu'il a passionnément aimée !
Peut-on croire, après toutes ces constatations,
que la devise s'applique à elle ?

Comment. en un temps où Galiot, puissam-
ment riche, on le sait, avait sous la mains des
artistes admirables tels que Nicolas Bachelier,
ceux-ci n'auraient-ils pas reproduit par ses
ordres, ça et là, à Lonzac et à Assier, les traits

d'un être qui était l'objet d'un amour aussi durable au lieu de recourir à une phrase obscure et ambigüe ?

．．

Envisageons d'ailleurs l'hypothèse suivant laquelle il aurait eu dans la pensée sa première épouse. Alors la devise eût été formulée autrement. Il n'aurait pas dit *j'aime* mais *j'ai aimé fortune*, puisque Catherine paraît être morte en 1514 et, sûrement, lors de la pose de la première pierre de l'église de Lonzac, qui eut lieu en 1520. Si nous remplaçons *fortune* par le nom de la défunte nous avons *j'aime Catherine*, ce qui serait absurde, car personne n'a jamais eu l'idée de faire graver sur une tombe, en souvenir d'êtres disparus, une inscription telle que celles-ci : *j'aime mon père, j'aime mon épouse.*

De ces considérations il résulte, nous semble-t-il, avec évidence que la devise n'évoque nullement la mémoire de Catherine et qu'il y a lieu de rejeter la théorie de M. d'Aussy et des autres comme n'étant fondée sur aucune preuve, aucun argument sérieux.

．．

D'autre part, Françoise de Laqueille, seconde femme de Galiot, serait-elle l'inconnue à laquelle le grand maître a voulu témoigner son attachement ?

Pas davantage. Rien du moins ne porte à le penser. De cette dernière on ignore tout ou à peu près, la date de la mort, le lieu où elle fut ensevelie. Nulle part nous ne trouvons trace d'elle. Les chroniqueurs l'ont complétement laissée dans l'ombre. Il est d'ailleurs peu vraisemblable que Galiot ayant adopté une devise en vue de lui rendre hommage, l'eût répandue à profusion sur l'église de Lonzac, qui est située dans les terres que Catherine lui avait apportées en dot.

Galiot, il est vrai, était père d'une fille naturelle mariée à Louis de Cluzel, qui forma la souche des seigneurs de Latrayne, et d'un fils de naissance irrégulière aussi, qu'il fit nommer chanoine de Cahors et prieur d'Escalmels, près Saint-Saury en Auvergne. Avaient-ils une mère commune ? Nous ne le savons pas, non plus ; mais il importe peu. Ce qui est certain c'est qu'il avait *reconnu* ces deux enfants, s'était occupé d'eux, avait assuré leur avenir. Or puisqu'il n'avait pas reculé devant les devoirs de la paternité, pourquoi eût-il environné de tant de mystère une devise choisie pour celle ou l'une de celles qui avaient mis ces deux êtres au monde ?

Ce n'est donc pas là, non plus, qu'il faut jeter les yeux. Le simple bon sens le dit comme il montre que ce que nous avons exposé au sujet de Catherine d'Archiac peut être invoqué *à fortiori* pour les deux ou trois autres femmes dont il a eu de la descendance.

Il faut, par suite, chercher ailleurs.

Nous y voilà.

. .

Lorsque François Ier monte sur le trône, en 1515, Galiot est depuis plus de trente ans familier de la cour de France. Il s'est battu maintes fois aux côtés de nos souverains, dont il s'est attiré l'affection autant pour ses faits d'armes que pour ses manières de grand gentilhomme. Au lendemain de la bataille de Marignan, François 1er veut l'avoir auprès de sa personne et lui cède une partie de l'hôtel de Saint-Paul, occupé par la famille royale.

A ce moment, Galiot est âgé de cinquante ans, la reine mère de trente-neuf. Il n'a donc que onze années de plus qu'elle. Louise de Savoie est encore ardente et belle, dit Michelet, et suivant Guillaume Lacoste, le grand maître de l'artillerie est très sympathique à la reine.

Après sept ans de mariage, Galiot a perdu sa première femme, Catherine d'Archiac. Louise de Savoie négocie une nouvelle union et, en 1516, il épouse Françoise de Laqueille.

La reine, en intervenant dans cette circonstance, voulait-elle donner le change sur les relations qu'elle pouvait avoir avec Galiot ou se dérober à des assiduités gênantes pour elle et dangereuses pour lui ?

Nous optons pour la seconde hypothèse. Nous ne pensons pas, en effet, que les choses aient pris une tournure fâcheuse entre l'un et l'autre, et ce qui nous incite à le croire c'est l'amitié réelle et constante que François 1er a témoignée à Galiot.

Un jour, des envieux ont nettement accusé ce dernier de concussion dans sa charge de surintendant des finances. Un entretien catégorique sur cette question a lieu entre le roi et lui, et le roi, comme conclusion, le félicite et le remercie de ses loyaux services. Galiot est déjà âgé à ce moment et si François 1er lui avait gardé quelque rancune, s'il avait cru à l'existence de rapports coupables entre sa mère et lui, il paraît de toute évidence qu'il eût profité de cette occasion pour l'exclure de son entourage, en supposant, d'ailleurs, qu'il eût eu la faiblesse de l'y garder jusqu'à ce moment.

En d'autres termes, notre conviction profonde est que Galiot a aimé la reine, mais que cet amour n'a pas atteint les limites extrèmes, et c'est aussi pourquoi il a pu y faire allusion sur les monuments qu'il a élevés sans être offensant pour ses épouses légitimes.

.·.

Quoi qu'il en soit, sauf pendant les périodes de guerre, Galiot est très souvent à la cour. Il y passe de longs mois. Il voit Louise et Marguerite, converse avec elles, est de leur compagnie, les distrait agréablement, les intéresse. Il y a mieux : depuis longtemps, il doit connaître « la trinité royale » puisque la première femme avait ses terres à Lonzac, non loin d'Angoulème, et seulement à vingt-deux kilomètres, vol d'oiseau, de Cognac, où François 1ᵉʳ a vu le jour.

Galiot n'ignorait pas que le « grand garçon » redouté de Louis XII devait succéder à celui-ci. Comment croire, alors, qu'il n'a pas fait acte de courtisan auprès de Louise de Savoie avant la mort du « Père du peuple » ?

.·.

Louise, veuve à dix huit ans, ne s'est pas remariée. Elle a consacré le temps écoulé depuis lors à élever ce fils pour lequel elle a, aussi bien que Marguerite, toutes les faiblesses de l'idolâtrie. Cependant, à la mort de son époux, un vide s'est fait dans ce cœur où brûle la flamme de la jeunesse. Est-ce que, pareil à celui d'une carmélite, il ne s'ouvrira plus à des amours nouvelles ?

L'histoire répond oui et mentionne le connétable de Bourbon, qui a trente - sept ans tandis que la reine a dix ans de plus que son favori. Mais vingt-neuf ans se sont écoulés entre le veuvage et ses relations avec Bourbon. L'intervalle est bien long. Quelqu'un ne l'a-t-il pas rempli ?

Nous ne connaissons pas d'écrivain de la Renaissance qui ait fait allusion au problème que nous cherchons à résoudre. Quelques uns de nos contemporains, il est vrai, ont attribué à Brantôme la révélation de l'intrigue qui a existé, pensons-nous, entre Louise et Galiot. Mais il n'y a là qu'une erreur. L'auteur des *Dames galantes* n'en a parlé nulle part. Il nous a été, du moins, impossible de découvrir, dans les éditions les plus complètes de ses œuvres, la moindre trace du propos qui lui a été prêté et lui a valu d'être, une fois de plus, traité de mauvaise langue.

Ce qui est sûr c'est que depuis cinq cents ans la légende est restée aussi opiniâtre que les pierres qui la conservent et qu'elle a survécu, depuis lors, en Charente comme en Querci, chez les historiographes comme dans le peuple.

Plusieurs archéologues se sont évertués avec beaucoup de talent à la détruire. Ils ont écrit sur ce thème de jolies pages ; quelques-uns, même, ont manié l'ironie et raillé le capitaine qui, au seuil de la vieillesse, était coupable de s'obstiner à répandre autour de lui les indices d'un secret d'amour.

．．

Raisonnons suivant les vraisemblances et les faits eux-mêmes.

Nous ne sommes pas seul à croire que la devise *j'aime fortune* a caché une peine de cœur. Le plus grand nombre des archéologues qui ont écrit sur Lonzac et Assier en conviennent. Ils sont partagés sur un seul point. Plusieurs n'admettent pas qu'il s'agisse de Louise de Savoie, mais ils ne donnent aucune preuve concluante de leur assertion. Ils se contentent de nommer Catherine d'Archiac, et nous avons, semble-t-il, démontré que cette opinion n'est pas soutenable.

Lorsque Galiot épouse Catherine, la reine a trente-un ans, lui quarante-deux. Cognac et Lonzac sont peu éloignés. En supposant qu'ils n'aient jamais habité la même ville, il est certain qu'ils se sont connus au plus tard à cette date, tous deux jeunes encore, elle jolie femme, lui beau cavalier.

La devise apparaît pour la première fois à l'église de Lonzac en 1520, quand la mère de François 1er est âgée de quarante-quatre ans et Galiot de cinquante-cinq. Nous ne savons pas, il est vrai, si le grand maître de l'artillerie ne l'avait pas adoptée auparavant.

.·.

A Lonzac, la devise offre cette particularité que le mot *fortune* n'est jamais scindé : les deux premières syllabes y sont constamment liées entre elles.

Mais en 1526, Galiot bâtit le château d'Assier. Ici, *fortune* est fréquemment coupé par un point non seulement sur la pierre, mais sur les tapisseries et les meubles, où il devient, pour ainsi dire, protéiforme.

Tout s'explique et très simplement. A Lonzac, Galiot est près de la résidence maintenant occasionnelle de Louise. Il est donc tenu à une grande prudence, tandis qu'à Assier il est loin de la famille royale, par suite plus à l'aise pour entrouvrir sa blessure.

Quand le grand maître construit l'église d'Assier, il a quatre-vingts ans. et, comme la fameuse devise est encore reproduite sur les murailles, les archéologues raillent la constance de son amour.

L'ironie est, en effet, facile, d'autant mieux que Louise s'est éteinte depuis près de quatorze ans.

Soit. Pourtant il faut considérer que les gentilshommes ne modifiaient pas leur devise quand ils l'avaient une fois adoptée. Ils l'abandonnaient ou la conservaient jusqu'à la mort telle qu'ils l'avaient reçue des ascendants ou créée pour eux-mêmes, à une date quelconque de leur existence, tout comme s'il s'agissait d'un cri de guerre ou d'armoiries.

Qu'auraient donc écrit ces mêmes critiques du passé si Galiot avait, au déclin de la vie, fait graver *j'ai aimé fortune* au lieu de *j'aime fortune* ? C'est alors que leur talent d'ironistes se fût donné libre carrière.

.*.

A Lonzac comme à Assier, Galiot a, dans des allégories, mêlé le religieux avec le profane. C'est ainsi que l'on y observe, sous ses propres traits, Hercule terrassant le géant Antée, domptant le lion de Némée ou étouffant des serpents. A vrai dire, nous ne voyons là rien de commun avec la devise, à moins qu'il n'ait voulu rappeler le dieu de la Fable qui, après de nombreux exploits, se laissa subjuguer par la beauté et fila aux pieds d'Omphale, la reine de Lydie, dont il était l'esclave et l'amoureux.

.*.

Concluons.

L'amitié de Louise de Savoie pour Galiot s'est manifestée par deux actes connus et historiques. Elle est intervenue sinon dans le premier tout au moins dans le second mariage qu'il a contracté. C'est sur ses conseils qu'il a épousé Françoise de Laqueille.

En outre, au cours de l'année qui a suivi cet hymen, Louise a donné au grand maître de l'artillerie la jouissance durant sa vie de la terre de Chisey et de tous les droits qui y sont attachés.

Quant à Galiot, la légende a persisté a proclamer qu'il aimait éperdument cette princesse, et les dissertations contraires les plus savantes n'ont pu la détruire parce qu'il est impossible de désigner un nom autre que celui de Louise de Savoie.

Si la preuve éclatante du fait n'existe pas, c'est que Galiot s'est trouvé dans l'obligation impérieuse de ne pas la livrer.

Ami de François 1er, dont il était le conseiller, protégé, enrichi par lui, par simple décence il était obligé à la plus grande réserve.

Malgré ses travers graves, qui font de la duchesse d'Angoulême un exemple à ne pas imiter, François 1er l'environnait d'un respect absolu. Il ne lui parlait que la toque à la main, en baissant sa taille de géant et le genou plié.

Que l'on juge par là de la correction a laquelle Ga'iot était tenu s'il voulait éviter une disgrâce humiliante et peut-être les cachots de la Bastille, car le roi n'était pas homme à supporter ce qu'il eût considéré comme un outrage à sa mère et à la majesté royale.

．．

On ne possède pas, venons-nous de dire, des preuves certaines du charme exercé par Louise de Savoie sur Galiot. Mais ce qui va suivre n'en est-il pas une ?

Ouvrons l'*Annuaire du Lot* de 1838, à la seconde partie, qui renferme une notice archéologique du baron Chaudruc de Crazannes sur les anciens monuments de notre province.

M. de Crazannes a laissé de nombreux mémoires très appréciés et recherchés encore.

Il était, d'ailleurs, membre correspondant de l'Institut et du Comité des travaux de l'histoire de France au ministère de l'Instruction publique, et, en outre, inspecteur des monuments nationaux. Il est resté une autorité et les travaux qu'il a écrits justifient sa réputation.

Or lorsqu'il parle de la devise à propos du château d'Assier, il s'exprime ainsi, à la page 22 : « Dans quelques endroits FORT et VNE sont séparés par un point *pour qu'on ne pût se tromper sur l'intention et le sens de cette devise où l'on croit voir une allusion à l'amour du grand maître pour la duchesse d'Angoulême, mère de François 1er. Quelquefois ces mots sont réunis pour faire prendre le change aux personnes qui ignoraient cette circonstance de la vie de Galiot et par une sorte de discrétion.* »

Voilà une affirmation bien nette et qui ne laisse pas de doutes.

M. de Crazannes était donc convaincu de l'existence de l'intrigue qui fait l'objet de notre étude. Il y croyait en savant que la vérité seule préoccupe et n'écoute que la voix de la conscience guidée par la raison, aussi bien que par la synthèse d'investigations historiques.

Au reste, son affirmation est assise sur une réalité tangible. Le baron de Crazannes a eu sous les yeux un témoignage qui paraît sans réplique, un livre d'heures dont nous nous sommes vainement efforcé de découvrir le détenteur actuel.

Il était, en 1838, la propriété de l'abbé Certes, de Figeac, chanoine théologal de Montauban, un des prédicateurs du temps.

« Ce beau et pieux monument sous le rapport des arts autant que de la galanterie de Galiot », ainsi que le qualifie M. de Crazannes, n'est pas, en effet, dans la famille ducale des Luynes ou aux mains du marquis de Cardaillac de Latrayne, descendants de Galiot, ni à la Bibliothèque nationale, ni au *British Muséum*, où, un instant, nous l'avons cru recueilli et catalogué pour toujours. Cette œuvre d'art, ce bijou d'enlumineurs, a été introuvable dans nos recherches.

Voici ce qu'en dit notre archéologue dans une note précieuse, au bas de la même page 22 :

« Sur le frontispice de magnifiques heures
» manuscrites sur vélin et ornées de charmants
» tableaux, vignettes, culs de lampes, arabesques,
» peintures, *don de Galiot de Ginouillac à la*
» *duchesse d'Angoulême*, on voit les armoiries
» du grand maître de l'artillerie et autour, en
» légende, ce même verset des psaumes : *sicut*
» *erat et nunc et semper.* »

« A la place du cri d'armes on lit encore : l'AIME FORT—VNE. »

Vous le voyez, le mot *fortune* est partagé d'une manière significative et voulue en première page d'un missel offert par Galiot à la reine, et Galiot y rappelle que son cœur n'a pas changé, car la traduction libre du latin ne peut être que celle-ci : *je vous aimais, je vous aime, je vous aimerai toujours.*

Cet amour qu'on a raillé, qu'a-t-il donc de si plaisant ? N'est-il pas bien humain comme toutes les faiblesses dont l'âme est capable ? Sans doute, il a changé d'essence avec l'âge de Galiot. Ardent et positif, pour ainsi dire, à l'origine, il a pu, il a dû, à l'approche de l'hiver de la vie, se purifier, s'idéaliser comme une vision chère, telle que l'image lointaine d'un être adoré et dont une barrière fermée inexorablement nous a empêché de partager la destinée.

Mais il a existé — comment en douter encore ? — tel que nous le concevons, pour Louise de Savoie et non pas pour une autre femme.

Galiot l'a porté douloureusement dans son être aussi longtemps qu'il a été de ce monde, avec la fidélité des temps chevaleresques, à la fois payen et religieux comme la Renaissance elle-même.

.·.

Quelques archéologues se sont efforcés, par esprit de parti peut-être, de détruire cette légende charmante sous son voile, de peur qu'elle ne jetât de l'ombre sur la figure de Galiot.

A quoi bon ? Nul, d'ailleurs, n'a le droit de fausser l'histoire. Il faut la voir telle qu'elle est, car si elle amoindrit les uns elle grandit les autres, pareille à la justice.

Mais ce n'est pas ici le cas de s'alarmer. Galiot a été un noble soldat de la France. Grâce à lui le désastre de Pavie, qui entraîna sa captivité, celle du roi, de Clément-Marot et autres Quercinois connus, se fût changé en belle victoire si François 1er, impatient de se battre (et Dieu sait s'il paya de sa personne !) n'avait paralysé l'action de l'artillerie, qui dut suspendre ses feux meurtriers.

En quoi une aventure d'amour, qui semble être restée platonique, diminuerait-elle Galiot dans notre admiration ?

Si son cœur a battu pour une reine, son bras et son intelligence n'ont cessé d'être, au cours d'une longue carrière, au service de son pays, auquel il a apporté un beau contingent de gloire.

Cela suffit à ceux qui, au dessus de tout, placent, comme nous, le culte de la France.

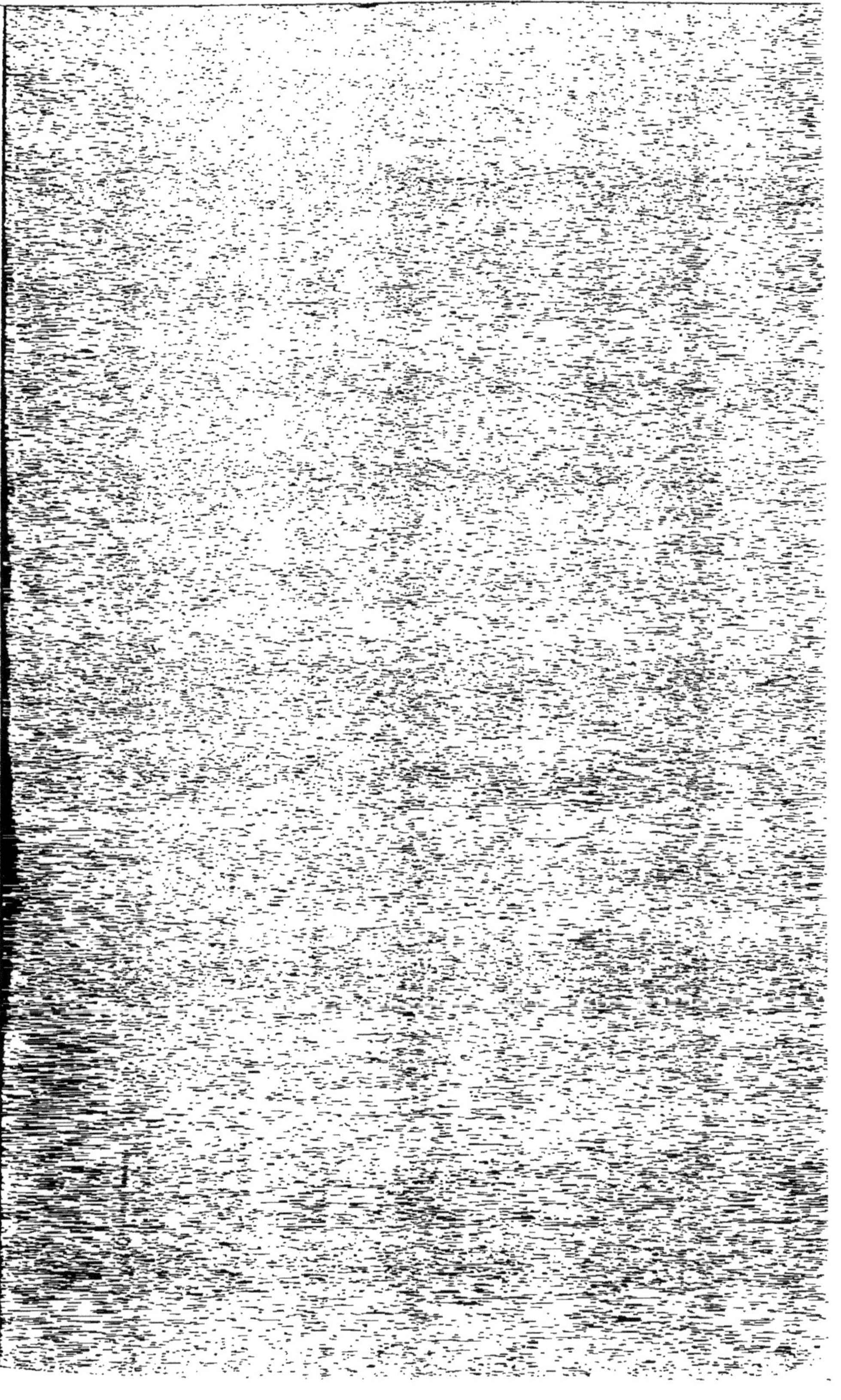

www.ingramcontent.com/pod-product-compliance
Ingram Content Group UK Ltd.
Pitfield, Milton Keynes, MK11 3LW, UK
UKHW020124080726
13614UKWH00005B/2024